달이
마음 턱, 놓고
간다

김동임 시집

불교문예

절반의 시를 잃어버렸다

오늘까지 쓴 시편들이다

발표할 수도 없었지만

더 두기엔 미안했다

내가 고스란히 떠안아야 할

아픈 손가락들이다

2021년

김동임

차례

제2부 여름

제3부 가을

제4부 겨울

제1부

봄

그땐

그대를 생각하며

벤치에 앉아 책을 읽다가
교정을 거닐며 노래를 부르다

무한 자유를 누리다

문득 아카시아 향기에
깜짝 놀랐다

그땐 아마
사랑이 충만했었나 보다

나비 · 1

삼천배를 한다
머리를 숙이고 몸을 조아리니 눈물이 난다
감사하지 않은 이 없다
혐오스레 어기뚱 한일, 그럼에도 모르는 척 기다
려준 이들
흐트러지지 않는 반듯하고 깊은 자세 또한 혹독
한 고마움 이리라

앓는 소리가 입 밖으로 튕겨져 나오고
정신이 혼미해질 때마다 입술 꽉 깨물기 몇 번이
었는지
그렇게 2천 배쯤 지나고 있었을까
내 몸이 우주의 한 귀퉁이에서 바퀴처럼 구르고
있었다
절을 할 때마다 찰나찰나 공해서 없어지고 공해
서 없어지고
공해서 없어지고 공해서 없어지고 2천이라는 숫

자가 공해서 없어지고

   오직 일 배를 할 뿐이었다

   그렇다면 이 몸뚱어리가 아프고 힘든 까닭은 무
엇인가? 한 생각이 들면서

   묵직한 덩어리에서 나폴나폴 리듬이 일기 시작했다

   입가엔 미소가 번졌다

   이제 그만해도 되지 않겠나? 또 한 생각이 인다

   그러나 내 안에서 말을 해왔다

   '이미 삼천배를 하기로 마음 내었으니 나머지 숫
자는

   마음 낸 그곳에 돌려놓아야 한다'는,

   그곳이 바로 무한 천공 허공이었다

   나는 언제 어디서나 당신에게 가 닿을 수 있는,

   이 또한 더할 나위 없는 기쁨이다

나비 · 2

나비 한 마리가 거미줄에 걸려 파닥인다
엉킨 올을 풀어주니
사뿐 날아간다

자벌레 한 마리
마모되는 순간이다

반경

나비가 집을 깨뜨리고 날아갑니다
나비가 날아간 빈집
나비가 날아가는 반경만 합니다
나비가 살다 돌아갈 시간의 길이만 합니다

목련꽃잎이 사뿐 날아갑니다
가지가 요동을 칩니다
꽃잎이 날아가는 반경만 합니다

지난가을
쪼글쪼글한 내 손등에서 엄마 얼굴이 보여
그런가 보다 했는데
산행 중 계곡물에서 또
양미간 미소 짓는 엄마 얼굴이 보입니다
그런가 보다 합니다

메아리

탕 · 탕 · 탕
망치 두드리는 소리

어미 닭이
화들짝 눈을 뜬다

아, 이 소리!
이 모습들!
이 모두에 놀라며 자랐던 게 아닌가

외경의 고요 속
병아리들과의 평화로운 식사

목단 꽃향기를 맡으며

목단이 꽃잎을 틔우고 있다

어눌한 첫발
몸부림치는 걸 본 것일까
어떤 새가 맥을 짚어내는 듯 날개 쪽 지나
고 발치 한허리로 사뿐 날아간다

한 잎 가뿐히 피어난다
다른 한 잎이 순조롭다

글이 풀리지 않아
마당에 나와 꽃향기나 맡는다

속부터 뭉근히 다스리는 이 미묘한 손길

박태기나무

일요일 아침
온 식구가 두레반상에 모여 앉습니다
이런저런 이야기에 밥상시간이 깁니다
나는 큰소리로 노래 부르며 설거지를 합니다
이어 뒤뜰로 가 감나무에 음식물찌꺼기를 묻고
오는데
아기박태기나무가 손으로 밥을 집어 먹습니다
볼에 밥풀이 다닥다닥 붙어요
허공이 따라 오물오물
그만 까르르 웃었습니다

꽃이 저렇게 피어나는 줄도 모르고

벌

찻집 통유리창에서 벌 한 마리가 사투를 벌인다

길의 돌발 상황에서 가끔 들르는 곳

오늘은 느낌 없이 캄캄했나 보다

마저 출구를 잊었나 보다

맞다, 당신은 용맹을 갖춘 야생의 벌

오지의 별개라 할 수 없다

뒤를 보시라

자, 길을 보시라

벚꽃

숭얼숭얼 흐드러지게 핀 벚꽃
마치 벌떼 같다

지나가는 봄이 무어라 말하는지
꽃잎 하르르하르르 허문다
톡 쏘는 침처럼

허물어내려야 등인가
또르르 촉이 켜진다

봄날

따사로운 햇살
포근히 안아줍니다

움츠렸던 마음이
구김 없이 풀어집니다

생글생글
누구에게나
인사가 절로 터져 나옵니다

당신은 얼떨결에
그·래·요
벙긋 피어납니다

새끼를 잃은 곤줄박이에게

방문 앞 벽시계 위로 곤줄박이가 먹이를 물고 들
어간다

새끼 5마리가 부화하여 있었다

오늘 드디어 비행하는 날이다

한데 언제 나타났는지 고양이가 공격 태세를 취
하고 있었다

어미 새가 위협을 가하며 안내에 안간힘을 쓰는데

나는 어떻게 손쓸 사이 없이 맹렬한 고양이에게
모두 죽이고 말았다

어미 새의 마음이 어떨까

나는 그 마음을 모른다

시를 쓰지 못한다

곤줄박이의 울음소리가 멀리서 들려왔다

씨앗

엄마가 혼잣말을 합니다
누가 듣든지 말든지 하는 말입니다
그런데 말코지에서 잠자고 있던
봉지 속 씨앗이 듣고 있었습니다
눈을 뜨고 있어요
엄마는 이때다 하고 밭에 나가
씨앗을 넣고 하늘로 쿡쿡 봉합니다

어떤 인연

지난가을 이곳 공원으로 옮겨온 배롱나무
잎사귀가 바짝바짝 타들어가고 있었다
봄가뭄 끝에서야 보였다

흠뻑흠뻑 양동이물 부어주며 들여다본다

마디마디 건너오는 순간순간이 두려웠으리라
손을 내밀어보았으리라
소리 없이 절규했으리라
더 이상 뿌리내리지 말자 다짐했으리라

아찔했던 만큼
나무는 아주 천천히 가까스로 안정감을 주었다

새잎이 또록또록해지니
왠지 부끄럽고 쑥스러워진다

여유

관람객이 끊긴지 오래다
새들조차 지저귀지 않는 적막한 한낮
청소를 마치고 막 물갈이한 연못에서
프드덕 프드덕 노니는 오리들을 바라본다
산뜻한 박물관도 뒤에서 까치발이다

이렇듯 아이들을 바라보며
콧마루 씽긋 궁굴어진 적 있었나 싶다

버드나무가 둥글게 풀어진다

입춘지절에

9도 2분

추운 거실, 넓은 차양에도

국화 새순이 다복다복 눈부시다

청소기를 돌리면서 마음 분주하다

늘 깨어있어라!

사방에 붙이는 문구다

흙

마늘밭 덮개를 걷어내다가
싹을 살짝 밟았는데
그만 똑, 부러지고 만다

흙은 얼마나 부드럽기에
이 여린 싹이 오뚝 돋아난 것일까
얼마나 달강달강 강구는 것일까
나는 또 얼마나 넋 놓고 바라보아야 하는지

제 2부

여름

강원도 가는 길처럼

어차피 스며야 한다면
맞닥뜨려야 한다
치고 들어가야 한다

철벽같은 사람,
두꺼비처럼 웅웅 품어 안는
산 같은 사람이다
깊고 선선하고 부드러운 사람이다

돌아가는 것이다
어긋나지 않는 사이다

개심사開心寺 일주문 앞에서

피어있는 개망초꽃이 지더니
순간 그 자리에 다시 피어난다

우주의 안팎은 따로 없다는 뜻이 아닐까

하고많은 기억에 없는 일들,
중요하다고 갈피갈피 접어놓은,
접어놓고는 이후로 다시 보지 않은 부분

잊지 말아야 할 것, 그리고
서툴고 미약한 면이 아닐는지

안 볼 것처럼 인사 함부로 하고 있는 나
면면이 복습하고 있는 중이다

계룡산 계곡물

그 맑은 산에

다람쥐가 소리 하나 넣어보네

따그르!

담장이 호동그레 벙그네

훨훨 펼치고 있는 따뜻한 조막손

동학사 부처님이 다소곳 인사하시네

구렁이

뒤란 풀을 매다가
1미터쯤 되는 구렁이 허물을 본다

뱀이 없어 좋다, 마음 놓고 돌아다녔는데
이리 감쪽같았을까
그리 몸 짝 붙여 살 부드러웠을까
이리 눈에 거슬리지 않았을까

저 징그러운 기척
개미들이 진을 치며 물어뜯고 있다
아서라!
불쑥불쑥 보여주기식, 뜨끔뜨끔할 자리 아니다

그저 돌보아주고 있는 천수관음이려니
가만가만 묻어준다

그런 한 사람 있었으면 좋겠네

참새들이 숲 떠나갈 듯 재잘거리고
포르르 날아가네

저 자리
흔적 없이 고요하네

숲속은 자유인가

덥석 말을 내뱉어도
바로 공테잎이 되는,

아,
내게도 그런 한 사람 있었으면 좋겠네

메쌓기 돌담장

깔끔하고 소박한 살림살이입니다

아귀 맞지 않은 채 뒤뚱거리는 것은
여유가 있기 때문입니다

삐걱거려도 무너지지 않는 것은
틀이 있기 때문입니다

그렇다고 태만할까
나는 뼈를 엡니다

목어

나는 가시벼슬

이 한 몸 누가 될까
속을 버리고자 함이네

당신의 한줄기 온정만으로

파다 다다다
나는 세상의 물여울이네

문 없는 문

책을 읽다가 내 생각과 사뭇 달라 머리가 아프다
저만치 밀어놓고 무작정 길을 나선다

사찰 앞 연못
거북이 한 마리가 무슨 생각에 잠겼는지
가다 말고 가부좌를 틀고 있다

나도 생각 없이 한참을 앉았다 일어서는데
이때 거북이가 가부좌를 풀고
발 빠르게 물속으로 사라진다

누구의 음성인지
"저기 문 없는 문을 보아라!" 들리면서

그랬다, 벽이 없는 소리였다
그리고 온전한 것이었다

들깨밭에서

요즘은 들깨밭에서 산다
크는 모습 바라보는 즐거움이다
한데 날이 갈수록 마당 앞 녀석들이 자꾸 뒤처진다
생각해보니 달리 거름이 더 간 탓이었다
호미 끝도 안 들어간다
방도가 없다

이때 소낙비가 쫄쫄쫄 쏟아지고
귓바퀴 넓은 녀석들
삶의 가닥을 잡는지 불꽃처럼 활활 타오른다

마당 앞 녀석
스치는 소중한 인연을 멍! 놓치고 만다
어쩌나!

부끄러움

산을 오르고 있는데
앞에서 누가 활짝 인사를 한다
"아이고, 나이도 많으신데 어떻게 올라오셨어?"
나는 깜짝 놀라
예쁘다, 하는 목소리로
"아니에요!" 응수하였다
요즘 목디스크에 한풀 꺾이기는 하였지만
그 정도는 아니라고
언짢은 마음 가라앉을 즈음
목적지를 돌아 내려오는데
아까 그분이 겨우 이 지점, 요만한 경사지에서 혼자
엉금엉금 기어가고 있는 게 아닌가
8, 90대의 지긋한 어르신이었다
5, 60대의 수긋한 나에게 인사를 건넨 것이다
부끄러워 앞서가지 못하고 뒤따라 내려온다

비

나는 저이의 울음을
미안합니다. 미안합니다. 미안합니다.
라고 듣습니다

무슨 생각에서 곁을 주지 못한 건지
어떤 생각에서 벗어나려 한 건지,

그렇게 하늘과 땅 거리가 생기고
마침내 극과 극에 맞닿아서는
와르르 무너져 내리는 것입니다

다시 궤도에 오르는 것입니다

물이 꼭 차 들고있는 망망대해

꽃지, 할매 할배바위
서로가 없는 줄
외따로 망연히 서 있습니다

빗속에서

수직으로 골똘한
이 비는 그리움의 변주곡

빗속을 거닌다
하염없이 거닐다 잠시 멈춰 서니
내 안이 보였다

지금의 내겐 아무도 없었다
텅 비어있었다

그렇다면
이 빗속을 누가 걷고 있는 것일까
누가 그토록 그리워하며 아파하고 있는 것일까

바다에서

남편과 싸우고 바다에 갔네
언젠가 어서 오라, 반겨주었기 때문이네

멍하니 앉아있는데
문득, 거센 파도가 고래 떼처럼 질주하며 달려오다
백사장 이마와 쾅!

피어나는 물꽃

아,
속 확 트인 남편과
속없는 아내였네

새

세상이 자유다

훨훨 나는 발자국
길을 내면 다시 길이 지워진다

어느 곳에도 소속되지 않는,

자유란 층층 계단이 아니어서
부딪거나 휘말리지 않는다

새의 연민법

벌레를 먹고 사는 새가
어느 날 그에게서 연민을 느끼면
석 달 열흘 먹지 못하고
그대로 몸져눕는다
그리하여 제 몸을
벌레의 살 속에 묻는다

엉뚱하게도

버들강아지를 보고 여지없이 꺾으려 드는데
온몸에 힘을 꽉 싣는다
흠칫 뒷걸음질 쳤다

20여 년이 흘렀다
꽃을 꺾어야 한다는 상식도 없이
화병에 꽂아두고 싶은 마음만 간절하다
그렇게 며칠을 보냈을까
간밤에 태풍이 와서 마당가에 피어있는 꽃을 모
두 꺾어놓고 갔다
좋아라, 가지런히 안고 들어와 화병에 꽂아놓는다
비로소 꽃가지 환하게 마주한다

예산 사면석불

조각나고 사지 없는 모습

보물 제794호

저 자리는

묻혀 두루두루 살피는 중

제 3부

가을

난감

국화 화분을 선물로 받았다
태어날 첫아기처럼
무슨 색에 어떤 모습일까
마당 우물가에 앉혀놓고 아침저녁으로 기다렸다

햇살뿌리 유난히 영롱한
오늘 함초롬히 눈을 뜬다

흔하지 않은 자주색 꽃,
한데 여과기 없는 눈망울인지
세상사 걸핏하면 엎드려 울컥거린다

지지대가 난감하다

땅강아지와 반달

땅강아지 한 마리가
삐그덕!
문을 반쯤 열고 거리로 나온다

달이 앞장을 선다

까마득한 날
해서楷書 글씨를 성심으로 심취해 임서臨書를 하다
오, 이젠 됐어!
땅심 끝 똑떨어지는 한 점,
그 한 점 묻어 태운 적 있는 땅강아지

울퉁불퉁 삐뚤빼뚤
저 글씨 마음에 들리 없다

반듯하게 고치며 걷기로 하는데
바로 벼랑 위 절벽인가 한 발짝도 떼지 못한다

달이 마음 턱, 놓고 간다

체본 그대로 임서臨書 하는지
앞서 먼저 휘어진다

늦떨잎, 갈참나무

가을 품평회 하던 날
눈이 환하게 열린 적 있었네
자 간 틈이 숭숭하였네

남 보기에도 흉하겠지만
애써 떨구지 못하고 있네

오랜 연습 끝에
눈보라 치듯 아귀아귀 삭풍이 쓰이면

이 자리 오롯 새순 돋아
바싹,
비로소 내가 떨궈지는 날
이 또한 찬란한 운명이라 여기네

멍가 한 덩굴 무심히 꺾으니

산행을 하다가
멍가 한 덩굴 무심히 꺾으니
산이 기우뚱!
순간 반대편 소나무가 가지를 뻗는다

물길이 틀어진다

층층시하의 봉양이다
아무렴 소반 소반이 건반인데 즐겁지 아니할까
저렇듯 뭉클뭉클 움이 솟는데 피어나지 않을까

삶이 언덕일까

못이 넘실넘실 춤을 추고
척박한 한 곳
열매 빨그랑 맺힌다

모과

화장대 앞에 정중히 모셔놓은 노란 모과

오늘도 겹 두꺼운 옛날 얘기 꺼내신다

파란한 설움 설움, 돌이켜보니 한스러움도 미움
도 아닌

측은지심 측은지심이라는 염불

안방에서 건넌방으로 거실로 부엌으로 여실한 이
일상,

저 염려의 말씀 시들까 노심초사다

뭉게구름

오늘의 하늘무대는
토끼 거북이 여우 곰 갈치 고래 나무 새……,

서로서로 입장을 바꾸어가며
어울려 뛰어놉니다

저들은 거울눈인가 봐요
뽐내지 않습니다
시끄럽지 않습니다

으아, 나는 정신을 차릴 수가 없습니다

산책길에서

가을맞이 대청소를 한 듯
냇둑에 버린 잡동사니들
티브이, 밥상, 밥그릇 신발 등이 널브러져 있다
상식적으로 이해가 되지 않지만
실은 나도 마찬가지다
시라는 이름으로 무지의 속내를
아무렇지 않게 내동댕이치고 있는,

공공행정기관의 투기 금지 표지판이
너덜너덜 방관하고 있었다

사진 좀 찍자, 하니

고양이가 국화화분을 넘어뜨려 분이 깨졌다
고양이가 화단 귀퉁이에 국화를 심었다
여름내 밑거름을 주어 키웠다

틀의 영역을 벗어나 가을이 비어있는
음지, 저 낮은 자리에 허리 굽은 국화

환해서 예뻐서 자꾸만 바라보다
오늘은 사진 좀 찍자, 하니
우뚝 서 자리를 넓힌다
이왕이면 다 나오게 하라고

쇠팥

나를 본다
경솔하고 옹고집이란 걸
소스라친다

그 누구의 어떠한 위로의 말도 필요 없다
저며 드는 아픔 맵차게 끌어안는다

끝 모를 나락으로 떨어진다

어느 지점이었을까
자식이 보였다
숨쉬기조차 힘들어하는,

무서웠다
있는 힘 스르르 놓았다

스승
−대추차 만들기

앉혀 한번 포옥 일러주기

그 많은 단어들 어찌 이해하나
우왕좌왕, 좌충우돌 속 시끄러울 때
다만 태초에 무법이었느니라!
한마디만 켜 두기

지척의 거리 벗어나지 않기

불현듯 멈칫,
귀 기울이는 당신 모습 보이며
줄줄이 꿰어지는 한 맥락이
뇌성처럼 훅,

무쇠주름 환히 펴지고
속은 박속 이리니

그때는 지체 없이 가기

아버지

아버지가 단감을 따자고 하신다
주렁주렁 알맞게 잘 익은 감
오늘은 다 따 놔야 형제들도 가져가겠다

내가 나무 위로 올라가 떨어뜨리면
아버지는 줍기로 했다

지게 작대기로 감꼭지를 튼다

사방 어디로 튀었는지 모를 감을
아버지는 비척거리며 모두 찾아 주워 담으신다
그리고는 소쿠리 고스란히 품에 안긴다
아이들 가져다 주라고,

틀어져 숨은 내 맘
음, 봤어!
음, 봤어! 라고

그게 언제 적인데!

아버지 상여 나가는 날
나는 보여드리지 못한 게 많아서
목놓아 울부짖었다

산씀바귀꽃

공부하러 가는 길에
휴게소에서 산씀바귀 꽃을 보네

나비 한 마리 날아오더니
앉지도 않고 되돌아가네
"이게 바로 너야!" 하면서

사실 그땐 몰랐는데
10여 년이 흐른 후에야 알았네

피려면 아직 먼 봉오리들과
벌들이 가득해야 된다는 걸

작품

남편이 앞마당 석류나무를 가꾼다

곁가지, 죽은 가지, 웃자란 가지 등을 잘라낸다
지켜보고 있던 나는 고목의 원 나무만 두고
뿌리에서 돋아난 저 두 가지마저 내보내면 좋겠
다, 하니
그럼 나무 꼴이 안 된다며 단호하다
질끈 눈감아두었다

고양이들의 신나는 놀이터다

처서가 지난 오늘 가만히 들여다본다
어느새 원가지들이 열매 주렁주렁
우산처럼 근사한 품을 선보이고 있는 게 아닌가
깍지 낀 꽃손들도 싱글벙글이다

친구 생각

이사 나온 집에 먼 그곳에서 친구가 찾아왔다
엄마가 실비단웃음으로 맞이한다
친구는 길게 인사를 나누고 방에 들어왔다

어제 일처럼 변함없는 이야기 끊임없이 이어지고
뜰 안 나팔꽃도 이야기 한창 무르익어 가는데
이제 가봐야 한다고 일어선다

문짝 기대고 있던 엄마가 벌써 가느냐고
허둥허둥 텃밭에 나가 호박 두어 덩이 따고
헛간에서 마늘 접 떼어 안기며 또 오라 신신당부
를 한다

오늘도 그가 휑하니 빠져나간 마을 어귀에 나선다
벤치에 앉아있는 노란 은행잎이
"놀다 가유?"
귀동냥이 그리운가 보다

태양초

물고추를 한 소쿠리 따와 멍석에 넌다
맵고 아린 햇살을 안으로 안으로 굴린다
굴리고 굴리고 아홉 번을 굴리고
비로소 단아하다
한데 외형은 멀쩡해도 벌레에 상처를 입고
맥 못 추는 녀석이 많다
작심하고 덤비는데 힘을 사용했나 보다
장군만한 체구가 터득한
미는 법, 굴리는 법을 익히지 못했나 보다
어쩌랴, 그래도 나는 버릴 수가 없어
속을 훑어 다시 넌다

행렬

찬바람이 분다
풍경이 새치름하다

친구가 던진 서운한 말에
저릿저릿 창밖을 내다보는
나와 잘 어울린다

자연과 어울린다는 것은 기쁜 일
그래, 잘잘못이 어디 있겠는가
계절이 지나가는 것일 뿐
본연의 행렬일 뿐

허공 꽉 찬 말

가족과 함께 추석명절 쇠러 가는 길
벼이삭의 말소리를 듣는다

"어머, 저네들 추석명절 쇠러 간다!"

또랑또랑 터진 허공 꽉 찬 저 말
벽이 없어도 듣는 이 없는 얘기다

제 4부

겨울

고라니

토방에 앉아 볕바라기를 즐기고 있는데
고라니가 집 앞 밭을 가로질러 옆산으로 뛰어간다

풍경에 한 획 생동감을 불어넣는다

숨어 돌아가지 않는 것이다
뛰어노는 것이다
산마을인 것이다

그늘

남편이 약초를 얻어 와서는 도라지가 필요하다고
한다
뒤란에 심어놓은 도라지
캐어도 되나 보다 하여 헤아려보니
어언 30여 년 커온 약재다

때맞춰 주소지 옮겨 심은 것도 아닌데
묵을 대로 묵어버렸는데
아삭, 이리 해맑다니!

이것은 필시 등 뒤 왕소나무가 가꾼 것이리라
울퉁불퉁 품어 안는 둥근 어깨
저 그늘 저 근기가 총총 임한 것이리라

나는 그를 대신
나누어 주기 위해 약재의 정수를 뽑는다

나무

눈보라 칠까

다시금 우두둑,

통가지 결을 고릅니다

위태로울 수 없습니다

눈 같지 않은 눈

밖으로 나가 눈을 맞이합니다

찬바람 쌩쌩 오시다
햇살에 반짝반짝 오십니다

팔 벌려 빙글빙글 오시다
엉덩방아 깔깔깔 오십니다

처음으로 나는
사랑스러운 여인의 행복한 모습을 봅니다

눈 내린 아침

마당의 눈을 쓰는데

낮달이 천연덕스레 바라봅니다

마치 남의 일처럼

다 치우고 나서는 부끄러워졌습니다

멸치 증후군

당신은 오방 뚜렷한 계절을 촘촘히
둥글게 새겨 넣은 의자
나는 축 없이 야위는 이방인

이 매서운 겨울을 어찌 견딜까
오늘은 멸치가 나를 꿰뚫어 보네

다섯 살 때
남의 밭에서 당근 하나를 뽑아 먹으려다
스르르 놓은, 그 죄 하나 들키네
몸이 먼저 알고 당근을 먹으면 토했으며
누가 무엇을 잃어버렸다 하면 헛구역질을 했네

끝내 들키지 말았어야 하네
원산지라는 군더더기를 내 몸에 아로새긴 일

반추

시로 인해 뒷전으로 뒷전으로 내밀린 서예
마음에 걸렸는지 오늘은 선명히 보인다
네모난 틀 속에서 성장판이 열리지 않은 모습,

어차피 같은 안목이다
시를 반추해본다
걸려 넘어지는 곳은 없는지
설컹한 부분은 없는지
밍밍하지는 않은지
또 어떤지
시의 길로 같이 갈 수 있는지

손주사랑

아들과 함께 부모님 산소에 왔다

외할머니 외할아버지 묘도
헷갈릴 정도로 오랜만에 왔는데
봉분이 낮아진다
두 분이 먼저 일어나 손주를 일으키신다

'엄마' 드라마를 보며

엄마와 함께 드라마를 본다. 주인공 여자 혼자서 사 남매를 키우며 애면글면 30여 년 살았다. 드디어 운명의 남자를 만나 사랑을 하게 되는데 장남의 입장은 자식들과 돌아가신 아버지를 생각한다면 그럴 수 없다며 결사반대를 하고, 다른 자식들은 엄마도 여자로서의 인생을 살아야 할 권리가 있다며 조심조심 협조를 한다. 결국 장남이 불효자라며 이모에게 물세례 당하고서야 받아들이게 되는, 이 시대가 허용하는 얘기다.

엄마는 혀를 차며 말씀 하신다.
"여자는 절개가 생명이여!"
예리하게도 허점을 보신 것이다. 포장된 여자의 흐트러진 자세를 보신 것이다. 90년 동안 살면서 지켜본 그들의 역사를 당당히 증명하시는 것이다.

오늘의 우주가 주목하고 있다

묵향 마을에 왔다

토기그릇에 심긴 매화나무 한 그루가
심드렁히 누워있다

오늘의 우주가 주목하고 있다

토기가 일으켜 세우려
엉덩이 반짝 들고 안간힘을 쓰고 있다

왕소나무 이사 가는 날

뒤꼍 담 뒤에 250여 년 된 왕소나무를
산 주인이 업체에게 넘겼나 보다

프로그램 공식대로 분을 떴는지
크레인이 반짝 일으켜 나간다

청설모 다람쥐 새들
아침 체조하며 재재재 놀던 곳

저 품이라면
뉘 등 뒤에서 또 든든한 힘이 되어 줄 것이다

그동안 인연 따라 조금씩 조금씩
기울고 있었으리라 생각하며
언덕에 올라 멀리 배웅하고 돌아온다

집이 한층 높아 보인다

우리집 고양이

산책을 하다 강아지풀 꽃등에
소복이 피어있는 눈꽃을 본다
요놈 자식! 요놈 자식!
어깨를 안고 어르고 쓰다듬는다
하는 대로 가만 놔둔다
그러고 보니 우리집 고양이다
빙판 언덕길 걱정에 잠 못 들며
귀 기울여 멀리 자동차 소리 마중 나오던,
차가 미끄러지면 미끄러지는 만큼 내려오고
오르면 또 오른 만큼 오르며 힘을 실어준 고양이,
홀연히 집을 나가 몇 날 며칠을 찾아 헤매었는데
이곳에서 꼬리 반 올 구부려 깜짝 반겨준다

치매

며칠 만에 친정에 갔다
아버지께서
"뉘시오?"한다
"막내딸이에요"알려드린다
"그런가?"
하고는 고개를 돌리면 잊어버리고
또다시 묻는다
"뉘시오?"

치매,
하얗게 회귀하는 자연의 정점인가?
이쯤 되면 딸이 아닌가?
아무 사이도 아니란 말인가?

풀잎의 노래

봄여름가을겨울
일구월심 귀 기울였는가
일렁이는 가시 삭혔는가
바스락바스락
바람의 노래 들리네

상처되지 않는 말
상처 주지 않는 미소
바스락바스락
바람의 노래 부르네

행초서
-무림 김영기 선생 글씨 임서하며

굽은 소나무처럼
부드럽다

척, 놓여져
구불구불 스타카토로 경쾌하게 벋어간다

굴절마다 출발선이다
곧추세운다

회상활동

단풍꽃신을 신은 새색시가
뒤꿈치 돌아보며 반짝반짝 춤사위 합니다

걸음걸음 유심히 눈여겨보던
고양이가 꼬리를 뭅니다
"아버지는 올케언니 꽃고무신도 사주셨네!"
올케도 고양이 꼬리를 뭅니다
"아기씨 발꿈치는 솜방망이네!"

저들 사이 놓칠세라
갈바람이 그대로 스캔합니다

휴게소의 참새

참새들이 많은 사람들 앞에서
그들이 흘리고 있는 먹이를 줍느라 분주하다
사람들도 저마다 바쁘다

귀여운 새가 경계하지 않고 곁에 있다는 사실을
모르는 건지 아니면 익숙해진 건지
간혹 한 두 사람만이 신기한 듯
사진을 찍으며 모이를 주다 돌아갔다

산골에 사는 나는
참새를 부르려고 마당에 쌀을 뿌려준다
그러나 눈치만 보며 가까이 오지 않는다

아무래도 이곳은
부담이 없어서 좋은가 보다

■해설

자연 속에서 길을 잃다

황정산 | 시인·문학평론가

빅데이터와 딥러닝으로 나날이 발전해 가는 인공지능이 이제 인간의 삶을 지배할 것이라고 한다. 인간보다 훨씬 뛰어난 초인 공지능이 등장하여 인간의 정체성마저 위협하게 될 특이점이 머 지않은 미래에 도래할 것이라고 예측되고 있기도 하다. 이렇듯 지금 우리가 살고 있는 세상은 극도로 발전한 과학문명이 지배하 는 세상이다. IT기기들이 우리의 생활에 깊숙이 들어와 있어 이 들에 의존하지 않고 일상의 삶을 영위하기는 사실상 불가능하다.

그럼에도 불구하고 최근 각종 매체에서는 자연을 대상으로 하 는 콘텐츠들이 늘어나고 있다. 〈나는 자연인이다〉, 〈도시어부〉 같은 TV 프로그램이 대표적인 예라 할 수 있다. 아무리 최첨단의 과학문명 하에서 살고 있지만 인간의 몸 저 깊숙이에 수 만년 동 안 자연과 교감해 왔던 유전자를 가지고 있기 때문일 것이다. 자 연 속에서, 또는 자연과 대면하는 삶 속에서 인간은 현대 사회 인 간들이 느끼는 소외를 극복하고 진정한 자신의 정체성을 발견하 게 되는 경험을 하게 되기 때문일 것이다.

시를 포함한 문학에서도 마찬가지이다. 아스팔트 위에서 태어 나 스마트폰을 손에 쥐고 태어난 세대들이 본격적으로 사회 구성

원이 되는 시대가 되었고 그들에 의한 새로운 문학, 그들의 정서에 어울리는 시어와 표현이 등장하고 새로운 주류를 형성해 가고 있는 것은 사실이다. 하지만 그럼에도 불구하고 아니 어쩌면 그런 경향이 더 커져갈수록 그에 대한 문학적 반동도 또한 커지고 있다. 다시 자연의 소리에 귀를 기울이고 거기에서 정서적 울림을 찾으려는 새로운 서정시의 요구가 더 커져가고 있다고 해도 크게 틀린 말은 아니다.

김동임 시인의 이번 시집의 시들은 바로 그런 경향을 잘 대변해 준다. 그의 대부분의 시들은 자연을 소재로 하고 자연과의 교감 속에서 우러나오는 우리의 정서를 표현하고 있다. 가령 다음과 같은 시를 보자.

숭얼숭얼 흐드러지게 핀 벚꽃
마치 벌떼 같다

지나가는 봄이 무어라 말하는지
꽃잎 하르르하르르 허문다
톡 쏘는 침처럼

허물어내려야 등인가
또르르 촉이 켜진다

—「벚꽃」 전문

시인은 봄날 순식간에 흐드러지게 피어나는 벚꽃을 보고 거기서 떠오르는 정서를 아주 선명한 이미지로 묘사해 표현하고 있다. 그 강렬한 느낌을 표현하기 위해 시인은 벚꽃의 군집을 "벌떼"라는 다소 생소한 보조관념으로 비유하고 있다. 그리고 다시 그 벌떼가 쏘는 침처럼 자신의 감각을 일깨우는 등불을 제시함으로써 이중의 비유를 보여준다. 이를 통해 시인은 꽃으로 나타나는 봄의 어떤 감격이 등불과 같은 시각을 동반한 벌침의 날카로운 촉각적 감각의 경험을 통해 재현되고 있음을 우리에게 보여준다. 자연이 단지 우리가 살고 있는 생활의 배경이 아니라 우리의 감각과 느낌과 그것에 기반하고 있는 정서까지 깊이 관여되어 있음을 이 짧은 시는 말해주고 있다.

이러한 자연은 인간의 노동과도 깊은 관련을 맺는다.

> 엄마가 혼잣말을 합니다
> 누가 듣든지 말든지 하는 말입니다
> 그런데 말코지에서 잠자고 있던
> 봉지 속 씨앗이 듣고 있었습니다
> 눈을 뜨고 있어요
> 엄마는 이때다 하고 밭에 나가
> 씨앗을 넣고 하늘로 쿡쿡 봉합니다
>
> — 「씨앗」 전문

현대 사회에서 인간의 소외는 바로 자신이 하는 노동으로부터의 소외에서 기인한다. 근대 산업화 이후 이루어진 분업화는 자신의 노동의 산물과 그로 인해 만들어진 이윤과 자본으로부터 분리시키고 인간에게 사회나 조직의 부속품이 되어 정해진 노동만을 강요하는 삶의 방식을 요구한다. 그것이 우리가 느끼는 모든 소외의 근원이다. 인간은 노동을 하지만 그 생산물의 주인이 되지 못하고 자신이 하는 노동은 오직 숫자로 표현된 노동시간과 그것이 생산물에 부여한 가격으로만 표현된다.

하지만 이 시에서 엄마의 노동은 그런 소외의 성격을 전혀 가지고 있지 않다. 엄마와 노동의 대상인 씨앗은 서로 소통을 하며 이 인간과의 소통에 의해 그 씨앗은 드디어 자연물로서의 의미를 가지게 된다. 노동을 통해 인간은 자연과 교류하고 자연의 의미를 깨닫게 된다. 그것을 시인은 "하늘로 쿡쿡 봉합니다"라고 재미있게 표현하고 있다. 인간의 노동을 통해 심어진 씨앗이 발아하고 열매를 맺어 수확을 할 수 있게 되는 것은 하늘의 뜻과 이치와 맞닿아 있는 일이다.

이렇듯 노동은 바로 자연의 생명력을 나누어 갖는 일이다. 다음 시는 자연이 보여주는 생명력을 아주 아름다운 한 폭의 그림으로 보여준다.

토방에 앉아 볕바라기를 즐기고 있는데
고라니가 집 앞 밭을 가로질러 옆산으로 뛰어간다

풍경에 한 획 생동감을 불어넣는다

숨어 돌아가지 않는 것이다
뛰어노는 것이다
산마을인 것이다

－「고라니」 전문

산마을이 아름다운 것은 그 안에서 뛰놀고 있는 "고라니"라는 자연의 생명이 있기 때문이다. 그것의 움직임이 있어 풍경이 완성되고 그것에 "생동감"이 불어 넣어진다. 시인이 하는 일은 그것을 감추는 것이 아니라 "숨어 돌아가지 않"게 "뛰어노는 것"을 보여주는 것이다.

이렇게 보면 김동임 시인의 시는 자연과의 합일을 노래하는 전통적인 강호가도의 시나 자연과 농촌에서 안빈을 추구하는 일반적인 목가시의 전통에 서 있는 것처럼 보인다. 하지만 이는 김동임 시인의 시들을 피상적으로 읽었을 때 할 수 있는 생각이다. 그의 시들은 이런 전통적인 자연소재의 목가시와는 조금 다른 특색을 가지고 있다. 과거 유학자들의 강호가도의 시가나 이러한 전통과 연결되어 있는 목가적인 시들은 자연에서 삶을 배우고 자연에 숨어 있는 어떤 가치와 이치를 깨우쳐 자연과 하나 되는 삶을 지향한다. 하지만 김동임 시인의 시들은 이와 달리 자연에서 방황하는 모습을 보여준다. 자연이 그에게 쉽게 길을 가르쳐 주지 않고 자연과 함께 할수록 시인은 더욱 더 혼돈과 방황을 겪는 망연함에서 빠져나오지 못한다.

국화 화분을 선물로 받았다
태어날 첫아기처럼
무슨 색에 어떤 모습일까
마당 우물가에 앉혀놓고 아침저녁으로 기다렸다

햇살뿌리 유난히 영롱한
오늘 함초롬히 눈을 뜬다

흔하지 않은 자주색 꽃,
한데 여과기 없는 눈망울인지
세상사 걸핏하면 엎드려 울컥거린다

지지대가 난감하다

—「난감」 전문

시인이 난감해 하는 것은 국화 화분 때문이다. 선물로 받은 국
화 화분은 기다린 보람에 부응하듯이 "유난히 영롱한" 모습으
로 "함초롬히 눈을 뜬" 모습으로 피어난다. 이런 아름다운 모습
을 보고 시인은 왜 난감해 할까? 바로 여기에 이 시의 요체가 들
어있다. 표면적으로는 너무도 탐스럽게 핀 국화꽃이 머리를 숙여
아래로 휘어지기 때문일 것이다. 하지만 시인은 이 모습에서 엎
드려 우는 자신의 모습이나 항상 슬픔과 고통 속에서 살 수밖에
없는 세상사를 떠올린다. 그리고 그것을 지탱하고 견디게 해 줄
지지대를 찾아 난감해 한다.

그런데 여기서 시인은 그것을 "지지대가 난감하다"로 표현하
여 지지대를 주어로 만들어 표현하고 있다. 이렇게 지지대를 주
어로 만듦으로 해서 시인은 지지대와 시인을 동격으로 만든다.
자연 속에서 느끼는 자신의 기쁨과 슬픔이라는 정서들을 오롯이
자연 안에서 느낄 수 없고 그것을 든든히 받쳐 줄 삶의 어떤 가치
나 방향도 찾지 못했다는 것이다. 난감함의 근원은 바로 여기에
있다. 이렇게 일반적인 목가시에서처럼 자연에서 위안과 안정을
느끼는 것이 아니라 시인은 자연과 대면하면서 혼란과 난감함을

경험한다. 이것이 김동임 시인의 시들이 가지는 가장 큰 특징이
아닐까 한다.

　다음 시는 이러한 방황을 비유를 통해 좀 더 잘 보여주고 있다.

　　나는 저이의 울음을
　　미안합니다. 미안합니다. 미안합니다.
　　라고 듣습니다

　　무슨 생각에서 곁을 주지 못한 건지
　　어떤 생각에서 벗어나려 한 건지,

　　그렇게 하늘과 땅 거리가 생기고
　　마침내 극과 극에 맞닿아서는
　　와르르 무너져 내리는 것입니다

　　다시 궤도에 오르는 것입니다

　　물이 꼭 차들고 있는 망망대해

　　꽃지, 할매 할배바위
　　서로가 없는 줄
　　외따로 망연히 서 있습니다

　　　　　　　　　　　　　　　　　－「비」 전문

　비는 자연과 인간의 가장 격렬한 마주침의 표현이다. 하늘과

땅, 극과 극은 자연의 질서에 대한 인간의 추상적 이해로 만들어진 개념이다. 비는 그것을 무화시킨다. 하늘과 땅의 거리를 메우고 극과 극을 지우고 모든 질서를 무너뜨리는 것이 바로 비이다. 비를 통해 인간이 자연과 마주할 때 거기에는 어떤 질서나 길은 존재하지 않는다. 모든 존재는 그 자체의 정체성을 가지고 "외따로 망연히 서 있"을 뿐이다. 이렇듯 자연 속에서 자신을 확인한다는 것은 자연 속에서 어떤 길을 찾는 것이 아니라 이제까지 길이라고 생각하는 어떤 개념을 잃고 방황하는 것이고 이러한 방황을 통할 때 비로소 스스로의 모습이 드러나는 것임을 시인은 우리에게 말해 주고 있다.

다음 시에서는 이러한 방황이 부끄러움으로 바뀐다.

마당의 눈을 쓰는데

낮달이 천연덕스레 바라봅니다

마치 남의 일처럼

다 치우고 나서는 부끄러워졌습니다
                              －「눈 내린 아침」 전문

시인은 눈을 치우는 일을 부끄럽게 생각하고 있다. 왜 그럴까? "남의 일처럼" 그것을 느끼고 있기 때문이다. 눈을 치우는 일이 내 일이 아니라 남의 일이라는 것은 그것 안에 소외를 포함하고 있기 때문이다. 자연 안에서 스스로 자신을 유폐시키는 것이 진정한 자연의 길인지 그 안에서 눈을 치워 길을 내는 일이 올바른 일인지 시인은 의문을 가지고 있기 때문에 눈 치우는 일이 자기 일이 아니라고 생각하게 된 것이다. 그 인위적인 일을 통해 길을 찾으려 하는 자신의 노력이 하찮게 느껴져 시인은 부끄러움을 경험하고 있다.

이러한 부끄러움은 좀 더 진지한 성찰의 계기로 작용한다.

> 화장대 앞에 정중히 모셔놓은 노란 모과
> 오늘도 겹 두꺼운 옛날 얘기 꺼내신다
> 파란한 설움 설움, 돌이켜보니 한스러움도 미움도 아닌
> 측은지심 측은지심이라는 염불
> 안방에서 건넌방으로 거실로 부엌으로 여실한 이 일상,
> 저 염려의 말씀 시들까 노심초사다
>
> ―「모과」 전문

시인은 화장대 위에 올려 져 있는 모과를 바라보고 있다. 그 모과가 시인에게 말을 건다. 향기 빼고는 아무것도 볼 것이 없는 모과는 시인으로 하여금 측은지심을 불러일으키도록 자신의 설움을 들려준다. 시인은 바로 이런 모습을 통해 자연을 바라보고 똑같이 자연의 피조물일 뿐인 다른 인간들을 생각한다. 그런데 시인은 이 측은지심의 생각이 사라질 것을 염려하고 있다. 모과 역시 시들거나 썩어 향기마저 사라지듯이 지금 느끼고 있는 타인에 대한 연대의 측은지심이 결국은 사라지고 말 것을 시인은 잘 알기 때문이다. 그렇기 때문에 지금의 노심초사는 그런 부끄러움을 그 안에 담고 있다. 자연은 영원하지만 그 안에 사는 우리나 우리

가 느끼는 자연의 어떤 이치라는 것이 결국은 한시적이고 사라져 갈 운명이라는 깨달음이 시인을 슬프게 하고 있는 것이다.

그렇다면 우리는 자연 속에서 길을 잃고 방황하고 슬퍼해야만 하는 것일까? 시인은 우리에게 또 다른 출구를 알려준다. 그것은 바로 문이 없는 문을 생각해 보라는 것이다.

책을 읽다가 내 생각과 사뭇 달라 머리가 아프다
저만치 밀어놓고 무작정 길을 나선다

사찰 앞 연못
거북이 한 마리가 무슨 생각에 잠겼는지
가다 말고 가부좌를 틀고 있다

나도 생각 없이 한참을 앉았다 일어서는데
이때 거북이가 가부좌를 풀고
발 빠르게 물속으로 사라진다

누구의 음성인지
"저기 문 없는 문을 보아라!" 들리면서

그랬다, 벽이 없는 소리였다
그리고 온전한 것이었다

　　　　　　　　　　　　　　　　　　－「문 없는 문」 전문

책 속에서도 시인은 길을 찾지 못한다. 그래서 무작정 길을 나선다. 시인은 "사찰 앞 연못"을 찾아 자연 속에서 그 길을 찾아본다. 하지만 거기에도 길이 있을 수는 없다. 시인은 그것을 "이때 거북이가 가부좌를 풀고/ 발 빠르게 물속으로 사라진다"라고 재미있게 표현하고 있다. 거북이로 상징되는 어떤 도의 길이 허망하게 머릿속에서 떠나버리는 느낌을 감각적으로 잘 표현한 대목이다. 그런데 사실은 그 사라져 버린 길이 바로 문이고 사고의 출구이며 가야 할 길이라는 것이다. "문이 없는 문"이 가능한 것은 벽이 없기 때문이다. 벽으로 구획을 짓고 출입문을 만들어야 우리는 모든 것이 자기 것이 된다고 생각하고 있다. 하지만 그럴수록 우리는 그 안에서 길을 잃고 갇히고 만다. 자연에서 길을 찾는 것도 어쩌면 자연을 자신의 관념으로 구획 짓는 것에 불과하다. 그 구획을 버리고 벽을 없애고 길을 지우고 바라볼 때 세상이 모두 완전한 문이 되는 것이다. 시인은 자연 속에서 방황하고 길을 잃다 이 큰 깨달음에 도달하게 된 것이다.

우리에게 이제 자연은 중요한 것이 아닐지 모른다. 자연 없이도 인공조명의 빌딩 안에서 호화로운 삶을 살 수 있다. 하지만 그것은 우리를 어떤 틀에 갇히게 하는 문 안의 삶일 뿐이고 결국 소외의 형식일 수밖에 없다. 길을 잃고 자연 속에 던져질 때 인간은 스스로의 힘과 존재 가치를 느끼는 정체성을 회복한다. 이것이 이 시집을 통해 김동임 시인이 우리에게 던져준 깨우침이다. 그의 쉽고 간명한 시적 언어가 상투적인 자연예찬에 떨어지지 않고 팽팽한 긴장의 언어가 될 수 있는 이유는 바로 이런 사유의 깊이에서 나온다.

불교문예시인선 • 036

달이 마음 턱 놓고 간다

©김동임, 2021, Printed in Seoul, Korea

초판 1쇄 인쇄 | 2021년 2월 15일
초판 1쇄 발행 | 2021년 2월 26일

지은이 | 김동임
펴낸이 | 문병구
편집인 | 이석정
편   집 | 구름나무
디자인 | 쏠트라인saltline
펴낸곳 | 불교문예출판부

등록번호 | 제312-2005-000016호(2005년 6월 27일)
주   소 | 03656 서울시 서대문구 가좌로2길 50
전화번호 | 02) 308-9520
전자우편 | bulmoonye@hanmail.net

ISBN : 978-89-97276-48-6(03810)
값 : 10,000원